D1514039

Chien Pourri à l'école

Colas Gutman

Chien Pourri
à l'école

Illustrations de Marc Boutavant

Mouche
l'école des loisirs
11, rue de Sèvres, Paris 6ᵉ

Du même auteur à *l'école des loisirs*

Collection MOUCHE

Rex, ma tortue
Roi comme papa
Les chaussettes de l'archiduchesse
Les aventures de Pinpin l'extraterrestre
Je ne sais pas dessiner
La vie avant moi
L'enfant
La princesse aux petits doigts
Histoire pour endormir ses parents

avec Marc Boutavant

Chien Pourri
Joyeux Noël, Chien Pourri !
Chien Pourri à la plage
Chien Pourri à Paris
Chien Pourri est amoureux
Chien Pourri à la ferme

Collection CHUT !

Rex, ma tortue
lu par Céline Milliat-Baumgartner

Chien Pourri
lu par Céline Milliat-Baumgartner

© *2014, l'école des loisirs, Paris*
Loi n° 49.956 du 16 juillet 1949 sur les publications
destinées à la jeunesse : septembre 2014
Dépôt légal : juillet 2017
Imprimé en France par IME by Estimprim - 25110 Autechaux

ISBN 978-2-211-21607-4

À l'école pour tous

Depuis sa naissance, Chien Pourri a avalé cent cinquante-sept saucisses avariées, bu trois litres et demi d'eau de Javel et a même failli s'empoisonner avec de la mort-aux-rats. Tout ça parce que, dans sa poubelle, Chien Pourri ne sait pas lire les étiquettes ! Mais aujourd'hui, c'est fini : Chien Pourri va à l'école. Il annonce la grande nouvelle à son fidèle compagnon aplati :

– Chaplapla, aujourd'hui je vais apprendre à lire !

– Qu'est-ce que tu racontes Chien Pourri ?

– Je viens d'être admis à l'école Royal Clebs, pour une journée d'essai.

– Qui t'a recruté ?

– J'ai été tiré au sort parmi tous les chiens errants du quartier. Chaplapla, la roue tourne, je vais devenir un chien savant ! J'espère que la maîtresse sera gentille, et que ce sera bon à la cantine.

– Ne t'emballe pas Chien Pourri, tu ne vas pas à l'école pour manger des croquettes.

Mais rien ne peut freiner l'enthousiasme de cet animal au pelage disgracieux. «Je vais avoir une trousse et peut-être même une gomme.» Soudain, Chien Pourri est aussi déprimé qu'un yaourt périmé.

– Oh! Chaplapla, c'est affreux, je n'ai pas de cartable!

– Prends ce sac poubelle, il est presque vide.

– Merci Chaplapla, tu m'accompagnes?

– D'accord, si ce soir, tu me lis une histoire.

– Tope là, Chaplapla.

Chien Pourri court avec son sac plastique sur le dos et une boîte de conserve sur la tête.

Son ami lui fait ses dernières recommandations :

– Lève la patte avant de parler Chien Pourri, et écoute bien la maîtresse.

– J'ai peur, Chaplapla.

– De quoi, Chien Pourri ?

– De la récré : j'ai peur de me perdre si je joue à cache-cache.

– Tu ne penses donc qu'à jouer, Chien Pourri. L'école, c'est fait pour apprendre.

Après avoir renversé trois poubelles et fait pipi contre quatre réverbères, Chien Pourri et Chaplapla arrivent devant l'école.

– Chaplapla, ils ont tous des
petits habits de pluie et des laisses
dorées. Je suis le seul Chien Pourri.

— Fais honneur à notre poubelle Chien Pourri, je viendrai te chercher à la sortie avec des miettes de pain au chocolat. Garde la tête haute et sois sage.

Chien Pourri entre dans la cour des grands. Un basset à petit manteau et un caniche à frange passent devant lui.

– Mais je vous reconnais les amis ! s'écrie Chien Pourri.

– Certainement pas, chien galeux, nous ne sommes pas du même monde, répond le basset à petit manteau.

– Oui, toi tu es immonde ! ajoute le caniche à frange.

« Ça commence bien, se dit Chien Pourri, mais ce n'est pas grave, je vais ignorer ces petits prétentieux. »

– Mettez-vous en rang par deux, dit la maîtresse.

Pauvre Chien Pourri, personne ne veut se mettre à côté de lui.

Il est si triste qu'il sort de son sac poubelle une vieille peau de banane pour se réconforter.

– Les doudous sont interdits, dit la maîtresse.

Chien Pourri n'a plus qu'à sucer son pouce sous le regard moqueur des autres cabots.

Mais dans la vie d'un chien pourri, il y a parfois des moments agréables. Un jeune labrador au pelage soyeux lui dit :

– J'aime les enfants, je peux aimer aussi les chiens galeux. Viens à côté de moi.

– Merci copain ! répond Chien Pourri.

« Je vais me mettre devant pour bien écouter la maîtresse », pense Chien Pourri en entrant dans la classe.

Malheureusement, un bulldog bien coiffé, un teckel bien habillé et un saint-bernard mal réveillé occupent déjà les premières places.

« Tant pis, se dit Chien Pourri, je vais m'installer près du radiateur. »

Il a chaud, si chaud que son sac plastique fond sur son dos et qu'il s'endort profondément.

Cours de reconnaissance

– Chien Pourri, au tableau ! crie la maîtresse.

« C'est le matin ? », se demande Chien Pourri en sursautant. « Oh ! c'est vrai, je suis à l'école. Quelle chance, la maîtresse m'a déjà repéré ! Peut-être désire-t-elle m'offrir une croquette pour bien commencer la journée ? »

Mais la maîtresse a d'autres projets pour lui.

— Aujourd'hui : reconnaissance de puces, de poux et d'individus peu fréquentables.

« Hou ! ça fait peur », pense Chien Pourri en montant sur l'estrade.

— Avez-vous déjà vu un chien galeux ? demande la maîtresse.

— Nous ne fréquentons pas ce genre d'individus, dit le caniche à frange.

— Nous n'allons pas dans les quartiers mal famés, ajoute le petit basset.

— Et toi, Chien Pourri, en connais-tu ? demande la maîtresse.

— Vous pouvez répéter la question ?

— Je dis : Chien Pourri, connais-tu des chiens pourris ?

«Si je réponds *oui* et que c'est la mauvaise réponse, elle me mettra au piquet avec un bonnet d'âne bâté. »

– Non, dit Chien Pourri, je ne connais pas cette race de chien.

Tout le monde rit. « Ce doit être la bonne réponse », pense Chien Pourri soulagé.

— Regardez ce pelage, cet air ahuri et sentez cette odeur nauséabonde. Mes enfants, approchez ! Voici un chien d'égout, poursuit la maîtresse.

— Maîtresse, je ne le vois pas, dit Chien Pourri.

— Le basset, apportez-moi un miroir.

Chien Pourri se regarde dans la glace et admire le bout de sardine qui lui chatouille le museau.

— Je vais avoir une bonne note ? demande Chien Pourri en levant la patte.

— Mon Dieu que cet animal est bête, soupire la maîtresse. Et maintenant, mes enfants, décrivez-moi ce que vous voyez.

— Un paillasson ! crie le saint-
bernard.

— Une serpillière ! hurle le caniche.

— Un tapis de bain ! braille le
cocker.

— Un pauvre chien, murmure le
labrador.

— Qui a osé dire cela ? demande
la maîtresse.

— C'est moi, dit le labrador. Ce n'est pas juste d'embêter Chien Pourri. Ma maman dit toujours qu'il ne faut pas se moquer des autres, même des plus dégoûtants.

— Tu es bien un labrador, ami des faibles et des enfants ! Sache, petit insolent, que le monde est cruel et qu'il faut savoir s'entourer si tu ne veux pas finir en chien abandonné. Apporte-moi ton cahier.

Le labrador monte sur l'estrade et tend son cahier à la maîtresse.

– Tu recopieras cent fois : *Je ne dois pas parler en classe à tort et à travers.* Et comme tu ne sais pas encore écrire, tu demanderas à ta maman de le faire à ta place.

– Bien fait ! dit Chien Pourri au labrador. Et si cet individu vous ennuie, je m'occuperai de lui, dit-il à la maîtresse.

Pauvre Chien Pourri, il ne comprend rien à rien. Il retourne à sa place et fourre sa tête dans un pot de colle.

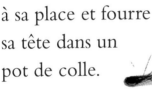

Récré à chiens

— J'aimerais tant jouer à la baballe aux prisonniers, se dit Chien Pourri.

Il court joyeusement vers ses petits camarades lorsque le bulldog l'arrête :

— Tu n'as pas entendu la maîtresse ? Les chiens galeux ne peuvent pas jouer avec nous.

– Ne t'inquiète pas camarade, si j'en vois un, je le chasserai avec ma peau de banane.

– Mais c'est toi, banane ! dit le caniche.

– Retourne dans ta poubelle, tu pollues notre école, dit le basset.

Cette fois, Chien Pourri comprend qu'il n'est pas le bienvenu.

« Que c'est triste, ils vont me renvoyer de l'école. Que dira Chaplapla ? Je ne pourrai jamais lui lire les papiers d'emballage de notre poubelle, ou des histoires avant de s'endormir. »

Et dans sa pauvre tête, Chien Pourri murmure : « Je suis un taille-crayon sans crayon, un tableau sans école, un protège-cahier sans cahier. »

Il pleure mais cela n'arrange rien. Un pit-bull vient se moquer de lui :

– Hou la fille, hou la pleureuse !

Chien Pourri se réfugie aux toi-lettes.

Heureusement dans la vie d'un chien pourri, tout n'est pas toujours pourri :

– Ne t'inquiète pas, dit le labra-dor au pelage crémeux, ce chien est débile, ils sont tous jaloux de toi.

– De moi ? dit Chien Pourri. Mais je n'ai ni trousse, ni gomme, ni taille-crayon.

– Peut-être, mais tu as un grand cœur mon ami.

Alors Chien Pourri se souvient du jour où il a partagé une boîte de Canigou avec Chaplapla, et de celui où il a aidé une petite fille à retrouver sa maman.

– Veux-tu jouer à l'élastique avec moi ? demande Chien Pourri. J'ai trouvé une vieille ficelle.

– Bien sûr, dit le labrador.

Et voilà Chien Pourri qui s'amuse, saute et bondit comme les puces qu'il a sur la tête.

– C'est Chaplapla qui va être jaloux, pense-t-il.

Et tandis qu'il chante « 1, 2, 3 : nous irons à la décharge, 4, 5, 6 : manger des saucisses, 7, 8, 9 : elles seront pourries, 10, 11, 12 : nous serons malades », le caniche à frange l'interrompt.

— Dis donc, le pouilleux, il nous manque un joueur pour faire un foot, ça te dit ?

— Oh oui, crie Chien Pourri, ô joie suprême, j'en rêve depuis toujours !

— Tu feras la balle, ricane le caniche.

— Vous n'avez pas le droit de lui faire ça ! rouspète le labrador.

— Ah oui ? Dis donc le fayot, que dirais-tu de venir faire un tour avec moi ? demande le pit-bull.

— Où ça ?

— Tu verras bien.

— Vas-y labrador ! dit Chien Pourri. Moi, j'adore les surprises. Pendant ce temps, je vais m'échauffer.

Dès que Chien Pourri a le dos
tourné, le pit-bull enferme le labrador dans les toilettes de l'école.

– Voilà ce qui arrive aux amis des
chiens galeux ! aboie le pit-bull.

Pendant ce temps, Chien Pourri
est impatient de faire le ballon de
foot.

– Tiens, le labrador n'est pas
revenu, se dit Chien Pourri. Ce n'est

pas drôle, ce n'est pas le moment de jouer à cache-cache.

– Tu fais moins le malin sans ton copain, lui dit le basset au petit manteau.

– On ne veut pas de toi ici, ajoute le saint-bernard, tu salis notre école.

– Mais de qui parlez-vous ?

— De toi, sac à puces ! Tu nous fais honte.

— Il faudrait savoir, je fais le ballon ou non ?

— Non, vieux cabot.

Alors Chien Pourri cherche dans son cartable un os déjà rongé pour se consoler. Il regrette son copain le labrador et erre tout seul dans la cour, de banc en banc et d'arbre en arbre.

« Peut-être que finalement l'école n'est pas faite pour moi, se dit Chien Pourri, ou que je ne suis pas fait pour elle, mais je voudrais tant que Chaplapla soit fier de moi. »

Quand sonne la fin de la récré, Chien Pourri est plus déterminé que jamais à apprendre à lire et à compter.

Leçon de calcul

— Combien de puces a ce chien galeux ?

— 23, compte le petit basset. Ah non, 22, j'ai confondu avec une tique.

— Très bien, dit la maîtresse.

— Et toi, Chien Pourri, dans combien de poubelles as-tu fourré ton nez ce matin ?

Chien Pourri se concentre : « (celle où j'ai trouvé une pomme à moitié entamée) + (celle où j'ai bu de l'eau gazeuse sans bulle) − (celle que je me suis prise sur la tête) = ? » si seulement Chaplapla était là, je pourrais compter sur ses moustaches.

– Alors ? demande la maîtresse.

– Quinze ou quatre ? s'interroge Chien Pourri.

– Mon Dieu, dit la maîtresse, affligée.

Tout à coup, elle s'aperçoit que le labrador a disparu.

– Où est passé le petit insolent, le labrador ami des enfants et des chiens galeux ?

– Il est parti chercher un su-sucre à l'infirmerie, ment le pit-bull.

– Très bien, quelqu'un lui passera la leçon.

— Je le ferai, promet Chien Pourri.

Mais il est distrait, il a trop faim.
« J'espère qu'il y aura des saucisses et
des frites à la cantine. » Tellement
faim qu'il n'écoute plus les consignes
de la maîtresse :

— Ceux qui mangent à la cantine,
levez la patte !

La cantine

Chien Pourri est perdu dans la cour. « Je ne sais pas où est la cantine, à vrai dire, je n'en ai jamais vu. »

Il décide de suivre l'odeur de frites et de croquettes qui lui chatouille les narines.

« Je rapporterai une frite à Cha-plapla. »

Il avance, intimidé, vers un sur-veillant qui filtre les entrées.

– Doit-on faire la queue ? de-mande Chien Pourri.

– Tu peux toujours manger la tienne ! lui répond le surveillant. Tu as oublié de lever la patte tout à l'heure : *Pas de patte, pas de patate !* ricane-t-il.

Chien Pourri abandonne : « Je suis une frite sans sel, un fil sans haricot, un chien sans collier. » Et il se dirige tristement vers la sortie.

« Je vais suivre ce dalmatien, pense Chien Pourri, peut-être voudra-t-il partager un os avec moi ? »

– Arrête de me suivre ! grogne l'animal tacheté. Je vais retrouver ma maman à la sortie.

– Moi aussi, j'ai une maman, dit Chien Pourri.

– C'est ça, vieux débris.

Pauvre Chien Pourri qui fait semblant d'attendre sa maman devant

la grille. C'est alors qu'il aperçoit Chaplapla.

– Oh, mon ami ! Que fais-tu là ?

– J'avais peur que tu aies froid, je t'ai apporté une cagoule ramassée dans le caniveau.

– Merci, tu me réchauffes le cœur, Chaplapla.

– Alors comment est ton école ?

– Super. Je me suis fait un copain qui est à l'infirmerie. La maîtresse est sévère mais juste. Je crois qu'elle m'aime bien, elle ne m'a même pas donné de coup de pied !

— Je suis content pour toi. Ce soir, tu me liras un vieux livre que j'ai trouvé sur un banc et nous compterons les croquettes pour nous endormir.

— Je ne te décevrai pas, Chaplapla. À ce soir.

Et il retourne vers la cantine.

« Je ne peux pas tenir toute la journée sans manger », gargouille Chien Pourri.

Il rôde autour du surveillant et lui lance son fameux regard de Chien Pourri.

— Allez, tu peux passer vieille serpillière, tu aideras les dames de service à nettoyer le sol.

Chien Pourri va s'asseoir à côté du bulldog.

– Je t'échange une frite contre dix, dit le molosse.

« Un troc ! Chic ! pense Chien Pourri. Ce camarade veut partager. Quelle bonne idée ! Mais que se passe-t-il ? Je ne vois plus rien. Oh ! un farceur m'a envoyé sa compote dans l'œil. »

Après avoir dévoré quatre bouts de pains rassis, et reçu un broc d'eau sur la tête, Chien Pourri, rassasié, remonte dans sa classe.

La leçon de vocabulaire

– Qui mange des noisettes et grimpe aux arbres ?

– Le pigeon ? demande Chien Pourri.

– L'écureuil, corrige la maîtresse, agacée.

Mais Chien Pourri ne connaît pas cet animal, il n'en a jamais vu dans sa poubelle.

– Chien Pourri : qu'est-ce qui a un long cou et de petites oreilles ?

— Vous, maîtresse ?

— Imbécile, tu réciteras cent fois :
Je ne dois pas répondre à ma maîtresse.

— Mais c'est vous qui m'avez demandé de vous répondre, dit Chien Pourri.

— Et il continue ! Bien, dit la maîtresse, passons à la leçon suivante : qu'est-ce qui est sale, râpé, dégoûtant ?

— Moi ? dit Chien Pourri.

— Bravo ! Tu progresses, tu auras droit à un bout de gras, ricane la maîtresse.

Chien Pourri est ravi de cette nouvelle. Il se souvient de toutes les fois où il a été récompensé. Il cherche, mais ne trouve pas grand-chose. Il est ému. Il se frotte à sa maîtresse pour chercher sa récompense, mais ne reçoit qu'une tape sur les oreilles.

– Voilà un exemple typique de mauvaises manières ! dit la maîtresse, je passerai donc à une nouvelle leçon.

Cours de maintien

– De la tenue : vous en aurez besoin chez vos maîtres et maîtresses !

« C'est bizarre, je croyais que c'était elle, ma maîtresse », se dit Chien Pourri.

– Bien, qui peut faire le beau ?

Le caniche à frange et un chihuahua rivalisent d'adresse pour se tenir debout pendant que Chien Pourri se recoiffe avec une gomme.

– Qui peut se tenir à table sans poser les coudes ?

Le bulldog est terrible à cet exercice, tandis que Chien Pourri confond ses coudes avec ses genoux, son tibia avec sa tête et sa tête avec sa queue.

– Qui sait faire une révérence ?

Le basset est impérial.

Chien Pourri, lui, tombe à la renverse et s'écroule comme une crêpe sur l'estrade.

Pauvre Chien Pourri, il ne sait rien faire de bien.

– Et maintenant pour devenir des chiens savants, passons à la leçon d'écriture et de lecture !

Chien Pourri frétille, il s'enfonce deux stylos dans les oreilles et un compas dans le nez pour être bien concentré.

Cours savant

— Je ne sais ni lire ni écrire, dit Chien Pourri à son voisin, un cocker triste.

— Qui sait déjà lire ? demande la maîtresse.

— Je connais mes lettres, dit le petit basset.

— Et moi, mes boucles, dit le caniche à frange.

– Je reconnais le mot *croquettes*, dit le bulldog.

– Et le labrador, qu'est-ce qu'il connaît, le labrador ? Eh bien, il n'est pas revenu de l'infirmerie, celui-là ?

– C'est mon copain, dit Chien Pourri.

– Attendez-moi ici. Chien Pourri, garde la classe ! Le premier qui bouge, mords-le et transmets-lui la rage.

Chien Pourri s'installe au bureau de la maîtresse.

« Si Chaplapla me voyait, il n'en reviendrait pas. »

Et tandis qu'il reçoit des stylos, des gommes et des ciseaux sur la tête, il rêve au jour où il saura lire pour raconter des histoires à Chaplapla.

Mais parfois, dans la vie d'un Chien Pourri, il arrive des choses terribles.

La maîtresse revient en pleurant et dit :

— On a perdu le labrador ! J'aurais dû l'attacher, c'est ma faute, ma faute ! Je vais être renvoyée de l'école par sa maîtresse !

« Je ne comprends pas pourquoi, ce n'est pas elle sa maîtresse ? » se demande Chien Pourri.

C'est alors qu'il saisit la chance de sa vie :

— Maîtresse, maîtresse, si je vous le ramène, j'aurai droit à une bonne note ?

— Oui, mais je doute que tu puisses faire quelque chose, chien stupide.

Ce qu'elle ignore, c'est que Chien Pourri n'a pas son pareil pour dénicher des trésors dans les poubelles, des bijoux dans les caniveaux et des boîtes de Canigou dans les égouts. Alors, Chien Pourri, n'écou-

tant que son instinct, se rue dans les couloirs de l'école à la recherche de son ami.

« Je vais faire pipi contre toutes les portes, se dit-il, comme ça, je saurai où je suis déjà passé. »

Au bout d'une heure de porte à porte, Chien Pourri pense enfin à vérifier les toilettes. Il trouve le labrador bâillonné.

– Mon ami ! s'écrie Chien Pourri. Quel drôle de compagnon tu fais ! Tu t'es attaché aux toilettes ? Avais-tu peur qu'elles s'envolent ? Une fois, une gentille dame a jeté des W.-C. dans notre poubelle, mais ne t'inquiète pas, celles-là appartiennent à l'école, je ne crois pas qu'elles puissent disparaître. Tu ne réponds pas ? Ah oui, il faut que j'enlève le Scotch sur ton museau.

Une fois délivré, le labrador s'écrie :

— Tu ne comprends donc rien, Chien Pourri. Cette école n'est pas pour nous !

— Alors pourquoi restes-tu ?

— J'ai promis à un petit garçon de l'aider à faire ses devoirs.

— Et moi, à Chaplala de lui lire des histoires.

— Tu penses vraiment que tu peux apprendre à lire, Chien Pourri ?

— Oui.

— Quel gentil chien tu fais, tu mériterais d'avoir une maîtresse !

— Mais j'en ai une !

Chien Pourri ramène le labrador
dans la classe.

La maîtresse s'écrie :

— Enfin vous revoilà, bravo Chien Pourri ! Et vous le labrador, où étiez-vous ? !

— Aux toilettes, maîtresse.

Le bon labrador ne veut accuser personne, mais la maîtresse qui a des yeux derrière la tête, aperçoit le pit-bull qui se cache sous une table.

— Dites, le petit teigneux, c'est donc vous qui avez enfermé votre camarade ! Vous êtes renvoyé. Vous avez de la chance que je n'appelle pas la fourrière ! Quant à toi, Chien Pourri, pour ta récompense, préfè-res-tu une bonne note ou un bout de gras-double ?

— Non, un cours pour apprendre à lire ! répond Chien Pourri.

Et tandis que le caniche et le

basset rangent leur trousse, que le pit-
bull s'en va piteusement, Chien Pourri
apprend à reconnaître son nom.

Les devoirs

À la sortie, les chiens courent vers leurs maîtres et maîtresses, et Chien Pourri vers Chaplapla.

Il dit au revoir à son ami le labrador, parti réciter une poésie à un enfant : « Seul dans les toilettes et sans croquettes, j'ai passé une horrible journée, mais Chien Pourri m'a délivré. »

Comme promis, Chaplapla attend son ami avec des miettes de pain au

chocolat, il a même trouvé un bout
de sucette par terre.

– As-tu bien travaillé ? demande
Chaplapla.

— Oui, je sais désormais compter les girafes et les écureuils, mais je ne sais pas vraiment ce que c'est.

— Mais as-tu appris à lire ?

— Un peu, dit Chien Pourri.

— Je m'aplatis devant toi, dit Chaplapla.

Les deux amis rentrent dans leur poubelle.

— Regarde Chien Pourri, ce que j'ai trouvé.

— Un livre ! Oh, il y a une tranche de jambon à l'intérieur ! On la partage ?

— Non, je veux que tu me fasses la lecture.

Chien Pourri voudrait avouer à son ami Chaplapla qu'on n'apprend pas à lire en un jour, mais il n'a pas

le cœur à le décevoir. Alors en se raclant la gorge et en recrachant une vieille coquillette coincée dans son gosier, il fait semblant de lire :

— *Il était une fois, un chien et un chat qui étaient les meilleurs amis du monde. Le chien allait à l'école et le soir, il racontait tout à son ami Chaplapla, pour que lui aussi, puisse apprendre à lire les étiquettes des boîtes de pâtée pour chat.*

— Quelle belle histoire ! dit Cha-plapla. Alors, demain, tu retournes à l'école ?

— Je ne sais pas, Chaplapla, tu m'as beaucoup manqué. Il faudrait peut-être trouver une école mixte pour les chiens pourris et les chats aplatis.

— Quelle bonne idée !

Et nos deux amis s'endorment, l'un, la tête dans une boîte de sardine, l'autre, la queue dans un pot de rillettes. Ils rêvent à d'autres aventures qui les attendent à l'école de la vie.